¡QUE VIVA!
CELEBRACIONES LATINAS

¡CELEBREMOS EL CARNAVAL!

MARISA ORGULLO

TRADUCIDO POR
ESTHER SARFATTI

PowerKiDS press
New York

Published in 2019 by The Rosen Publishing Group, Inc.
29 East 21st Street, New York, NY 10010

First Edition

Translator: Esther Sarfatti
Editor, Spanish: Ana María García
Book Design: Reann Nye

Photo Credits: Cover (child) Ingrid Firmhofer/Alamy.com; cover (background) CP DC Press/Shutterstock.com; p. 5 MAURO PIMENTEL/AFP/Getty Images; p. 7 Tomi Mika/Shutterstock.com; p. 9 Val Thoermer/Shutterstock.com; pp. 11, 13 CARL DE SOUZA/AFP/Getty Images; p. 15 OMAR TORRES/AFP/Getty Images; pp. 17, 19 Sean Drakes/LatinContent Editorial/Getty Images; p. 21 Skip Bolen/Getty Images Entertainment/Getty Images; p. 22 Dave King/Dorling Kindersley/Getty Images.

Library of Congress Cataloging-in-Publication Data

Names: Orgullo, Marisa, author.
Title: ¡Celebremos el Carnaval! / Marisa Orgullo.
Description: New York : PowerKids Press, [2019] | Series ¡Que viva! Celebraciones latinas | Includes index.
Identifiers: LCCN 2018020446| ISBN 9781538342220 (library bound) | ISBN 9781538342206 (pbk.) |
ISBN 9781538342213 (6 pack)
Subjects: LCSH: Carnival–Latin America–Juvenile literature. |
Carnival–Caribbean Area–Juvenile literature.
Classification: LCC GT4213.5 .O74 2019 | DDC 394.2698–dc23
LC record available at https://lccn.loc.gov/2018020446

CPSIA Compliance Information: Batch #CWPK19: For Further Information contact Rosen Publishing, New York, New York at 1-800-237-9932

CONTENIDO

¿Qué es el carnaval?

El carnaval es un tiempo especial en América Latina. Esta **celebración** normalmente tiene lugar en los meses de febrero o marzo. ¡Es una gran fiesta en honora la vida! La gente se disfraza y va a divertidas fiestas y desfiles llenos de color. Aunque se celebra en muchos lugares del mundo, algunos de los carnavales más conocidos tienen lugar en América Latina.

Al carnaval de Brasil, mostrado aquí, llegan cada año miles de visitantes de todo el mundo.

El carnaval se celebra desde hace cientos de años. Tiene sus **raíces** en muchos lugares, pero es conocido por ser la fiesta anterior a la Cuaresma. Los 40 días antes de la Pascua, durante los cuales los **católicos** practicantes **renuncian** a cosas que les gustan, se conocen como Cuaresma. Durante los carnavales, la gente puede reunirse y divertirse antes de dejar de hacer esas cosas durante unas semanas.

También se celebra el carnaval en muchas ciudades europeas. Esta foto es del Carnaval de Venecia, Italia.

Cuando el carnaval llegó a América Latina, cada zona y grupo interpretó las celebraciones a su manera. En la mayoría de los lugares, el carnaval comienza en fin de semana y termina el Martes de Carnaval, el último día antes de la Cuaresma. Las fiestas y celebraciones son diferentes en cada país, pero todas tienen algunas cosas en común.

Se celebre donde se celebre el carnaval, ¡siempre hay música y baile!

Brasil y México

La celebración de carnaval más conocida es la de Río de Janeiro. Mucha gente llega de otros lugares para unirse a la fiesta. Los que participan en los desfiles caminan y bailan a ritmo frenético por la calle. Por la noche, van a los bailes de máscaras. Se visten de superhéroes, princesas, diablos y animales. ¡Llevan unos **disfraces** preciosos!

Muchos de los disfraces que se ven en los carnavales están hechos en casa con objetos como plumas y cuentas.

PRENSA
NAVAL 2018

El Carnaval de Río de Janeiro también es famoso por su música y danza. Brasileños de todas las edades participan en grupos llamados *escuelas de samba*. La samba es un tipo de música y de danza cuyas raíces son europeas y africanas. Durante el carnaval, las escuelas de samba bailan en los desfiles al lado de **carrozas** de todos los tamaños y formas.

El Carnaval de Río ha crecido tanto que el Gobierno ha construido un gran edificio donde todos los invitados pueden ver a los bailarines. ¡Las calles estaban demasiado llenas de gente!

JULGADORES
JULGADORES

En México, algunas ciudades costeras, como Mazatlán y Veracruz, tienen sus propias costumbres de carnaval. Los niños hacen cascarones, que son cáscaras de huevo rellenas de **confeti**. Después, los rompen para tener buena suerte. En las calles, la gente se ríe con los payasos y malabaristas. Los fuegos artificiales iluminan el cielo. Las fiestas no son tan grandes como las de Río, ¡pero están llenas de alegría!

En algunas de las celebraciones de carnaval mexicanas, verás a *chinelos* en lugar de bailarines de samba.

Islas del Caribe

Trinidad y Tobago es un país caribeño formado por dos islas. Para celebrar el carnaval, la gente forma equipos conocidos como bandas. Tocan y cantan un tipo de música llamada *calipso*, y algunos músicos golpean tambores de acero. Los miembros de las bandas llevan disfraces y bailan juntos en las calles.

Aquí se ve a una bailarina en Trinidad que lleva un disfraz de carnaval muy grande.

Incluso los niños y las niñas de Trinidad y Tobago forman bandas durante el carnaval. Llevan disfraces de mariposas, flores, caballeros a caballo y hasta de medusas. ¡Algunos disfraces son tan grandes que hay que ponerles ruedas para que los niños puedan caminar con ellos! Tanto los adultos como los niños se divierten durante el carnaval.

¡A menudo los niños se disfrazan y también participan en los desfiles!

Miss

El carnaval no solo se celebra en América Latina. En Estados Unidos también se festeja. En Nueva Orleans, Luisiana, la celebración más importante es la del Mardi Gras. Ese día, las calles se llenan de vistosas carrozas. La gente disfrazada que va en ellas lanza collares de cuentas de colores a los visitantes. El carnaval de Nueva Orleans tiene un rey que se llama Rex. ¡Él es el que manda en la fiesta!

Cada año en el Mardi Gras, se hace el desfile de Rex. Es una de las partes más populares de la celebración.

PHONE
NOPD

El carnaval es una parte importante y maravillosa de la vida en muchos países. Es un evento que da alegría a la gente, ya que se celebran las cosas que nos hacen gozar de la vida. La gente de América Latina y de todo el mundo se une para celebrar. ¡Todos están invitados a la fiesta del carnaval!

GLOSARIO

carroza: auto o camión usado para presentar arte y actuaciones en un desfile.

católico: miembro de la Iglesia católica romana.

celebración: acto de celebrar o hacer cosas especiales para honrar un momento importante.

confeti: trozos muy pequeños de papel de colores.

disfraces: ropa que hace que una persona se parezca a otra persona, animal o cosa.

raíz: la causa de algo.

renunciar: dejar algo de forma voluntaria.

ÍNDICE

SITIOS DE INTERNET

Debido a que los enlaces de Internet cambian constantemente, PowerKids Press ha creado una lista de sitios de Internet relacionados con el tema de este libro. Este sitio se actualiza con regularidad. Por favor, utiliza este enlace para acceder a la lista: www.powerkidslinks.com/lcila/carnival